BUKKENE BRUSE

BUKKENE BRUSE

OPPRINNELSEN

ROAR MIKALSEN

Life Liberty Books

Til Liv og Anton

Verdenskart (Nordvest)

Verdenskart (Nordøst)

CONTENTS

~ 1 ~

FLOKK OG SETER

Det var en gang tre bukker som het Bukkene Bruse. De var sultne etter en lang vinter og ville til seters for å spise seg fete.

Setra lå langt unna, forbi flere fjell. Fjellene var ikke det verste. Verre var broa over en foss som de måtte over, for under broen bodde det et troll.

Minstebukken, to somre gammel, hadde aldri vært der før. Den mellomste, syv somre, hadde heller ikke vært der. Men begge hadde hørt storebror snakke om trollet under brua. Gamlefar, den eldste geita på gressbakken, pleide å fortelle historien om hvordan det var et sted så gjevt, med gress så sunt og godt, at geitene i gamle dager var villige til å trosse syv fjell for å komme dit. Allikevel, en dag dukket det opp et troll, og siden hadde det bare vært problemer.

Det sure trollet ville sloss med alle som kom og det var ikke til å unngå at man kjempet om livet. Bukkene i den lille dalen hadde derfor for lengst gitt opp vandringen til setra. De snakket fortsatt om de gode gamle dager, men fikk på et vis dagene til å gå, og slik hadde årene gått. Veldig mange år.

Drømmen om det gode livet på setra var slik blitt et vagt minne, noe ungbukkene—og noen eldre—snakket om, men som mange ikke en gang tenkte fantes. Noen trodde ikke engang på trollet, for etter hvert som årene gikk forsvant også eventyrlysten. De mente derfor at dette nok også var et rykte. Allikevel dro de ikke oppover i fjellet. Til det var frykten for det ukjente for stor. De fleste foretrakk derfor å tenke minst mulig på saken, akkurat som familien til de tre Bukkene Bruse. Verken bestefar eller bestemor, far eller mor, brydde seg om det som skjedde utenfor den lille dalen. Men de tre bukkene var annerledes. De var vokst opp med Gamlefars historier, og storebror hadde lenge kjent det spire.

Eventyrene til eldstebukken gjorde, for han, hverdagen til et trist skue. Selv fargene hadde mistet sin sjarm, og han var lei av hvordan ting alltid var. Det var ikke mye av sol og grønt i dalen, og det som var hadde andre tatt. Vannet var heller ikke bra. Storebror hadde merket det en stund, men ingen ville høre. De var mer opptatt av å kjempe om territorier, og han tenkte at det var bedre å sloss med trollet.

Ikke at han var redd for de andre bukkene. Han hadde ennå ikke tapt en kamp og følte seg trygg på at slik kom det til å fortsette. Men han så hvordan det gamle ikke var for han og hadde i et års tid planlagt reisen.

Han hadde også snakket med brødrene sine. De var begge overbevist om at storebror var den kuleste de visste. De var også enige om at livet ikke var det beste. Skyggen som lå over dalen synes mørkere, gresset var blitt vanskeligere å finne, og vannet verre. Det var derfor naturlig at de sa «ja» da storebror, en sommerdag, spurte om de var klare.

Storebror hadde også spurt de andre. Han hadde fortalt dem om mulighetene på andre siden av fjellet. Han hadde sagt sitt om hva som var galt med det gamle og hva som var bra med det nye, men resten av flokken var ikke overbevist. De var ikke sikre på at trollet måtte bekjempes, eller i det hele tatt konfronteres. De var heller ikke sikre på at det var bedre andre steder, eller like overbevist som småbrødrene om storebrors sjanser. De valgte i stedet å bli.

De tre bukkene Bruse sa derfor «ha det» til flokken.

De klemte vennene sine, en etter en, og la ut på tur. Det gikk greit over Førstefjell. Det var godt vær og selv den evige snøen gikk fint. Andrefjell likeså, selv om minste-bukken var blitt sliten. De hadde vandret i lang tid og det var på tide med en hvil.

De tre Bukkene Bruse fant seg derfor et sted og slo seg ned.

«Hvordan går det?» spurte eldstebukken. Den yngste svarte: «Jeg har sett mer enn mange i dalen på et liv, men ikke noe troll. Tror du det er langt igjen?» Storebror svarte: «Det er ikke godt å si. Men om Gamlebukken hadde rett, så må vi over en foss på andre siden av Femtefjell. Det er bare en vei over Strielva, en bro, og det er der trollet visstnok bor.»

Den mellomste brøt inn. «Men kanskje vi kan finne en annen vei? Kanskje vi skal lete litt lenger den retningen?» sa han og så sørover. «Nei», sa storebror. «Der finner vi bare Tåkefjellene, og der finner ingen veien. Langt flere geiter har blitt borte i tåka, enn de som har gått for å lete etter trollet. Rent faktisk, de som kommer tilbake, har ingen sett. Vi får nok heller fortsette videre.»

Etter en hvil reiste den minste seg. Storebror kvesset hornene. Han var mer enn klar for å prøve broen, og brødrene ble med videre.

De gikk og de gikk. Sommeren forsvant og høsten nærmet seg før bukkene kom til Femtefjell. De rundet fjellet, og der så de broen. Minstemann kjente at han ble skjelven. Det var en ting å høre storebrors eventyr, men noe helt annet å være så nærme opphavet til myter. Han hadde mest lyst til å snu. «Jeg er redd» sa han. «Jeg har ikke horn engang. Hva kan jeg gjøre?»

Også mellomste bukken var urolig. Han kjente at han lengtet hjem. Storebror kjente det også, men ville ikke vise det til brødrene. Han husket hva Gamlebukken hadde fortalt ham og mente å vite bedre.

«Frykt lyver», sa store Bukken Bruse. «Gamlefar mente alltid at det var greit å være redd, men at man ikke burde lytte til frykten».

Småbrødrene var ikke betrygget.

«Du og den gamle geita di», sa mellombror. «Du vet jo at verken far eller mor synes mye om historiene hans. De mente han var en drømmer og at han burde forholde seg til ting som de var heller enn hvordan de burde være».

Den mellomste bukken husket at far og mor hadde ledd av ideene til oldingen. «Den gamle geita var ikke god i hodet», hadde foreldrene sagt flere ganger. Som så mange andre i flokken hadde de lite til overs for ideer som gikk forbi liv og død—og den gamle geita hadde gjort det til sitt prosjekt å tenke i disse baner.

Den mellomste fortsatte: «Husker du hvor sint mor ble på ham da bestefar ble syk?»

Gamlefar hadde fortalt mor at livet var en gave fra gudene, at det var en mening med alt, og at døden var en naturlig ting. Dette var blitt for mye for mor. Hun elsket bestefar alt for mye til å finne trøst i slikt og stanget Gamlefar ut av huset da han la til at frykten for døden var like dum som frykten for livet og at det var viktig å se forbi.

Den mellomste tenkte på dalen. Den var kanskje mest stein og sand, og vannet ikke det beste, men det virket mye mer fristende å dra tilbake.

«Er det ikke bedre å snu,» sa han, «så kan vi ta med flere og komme tilbake en annen dag?»

Den minste lyttet. Han og hadde hørt andre le av historiene til Gamlefar, men storebror tok ordet: «Flokken er en vettskremt hop. Siden trollet kom har verden deres blitt mindre og mindre. De tør ikke engang gå i fjellene, og selv hjemme sover de dårlig. Gamlefar sa kanskje mye rart. Men han skapte virkelig, med sine tanker, sin egen virkelighet og ble eldre enn noen».

Den store Bukken Bruse fortsatte: «Hvilket eksempel vil dere følge? Den gamle snakket om kosmisk bevissthet. Om et univers som tenker seg selv, som opererer etter visse lover, og som er på vår side. Han sa at frykt og kjærlighet styrer alt, og at vi har fått fri vilje til å skape verden vi ønsker. Jeg vet ikke stort mer enn dere om dette. Men jeg vet at jeg vil heller leve for en drøm enn å dra tilbake til en gjeng som har gitt opp for lengst».

Storbukken ristet på hodet. «Dere vet jo uansett at om vi snur, er det slutten på eventyret. Dere har sett frykten til flokken. Ingen ville bli med oss hit. Bare tanken på troll gjør dem veike, og om vi ikke våger kommer aldri andre til å gjøre det. Jeg foreslår derfor at vi bruker litt kløkt. Vi vet ikke engang om trollet er der».

Den minste var litt mer optimistisk. Tanken på en ny vinter i dalen var ikke fristende: «Vi kan jo liste oss over. Om trollet er der, kanskje det ikke merker at vi har vært her?»

Også den mellomste hadde fått mot til seg. Tanken på å snike seg forbi var ikke umulig og han foreslo at den minste skulle gå først. Dette var best, mente han. Lillebror gikk så lett at om noen kunne komme forbi måtte det være ham.

Lillebror så poenget. Han var fortsatt redd. Men han hadde tillit til storebror og at det kunne bli en god ende på visa selv om trollet dukket opp. De finpusset derfor planen før de gikk videre, mot broen.

Det var stille. Vinden løyet og bare noen kråker hørtes nede i juvet. Heltemodig gikk den lille Bukken Bruse bort til broen. Han så seg om, men det var ingen å se. Han gikk noen forsiktige skritt ut på broen:

Tripp trapp, tripp trapp, sa det i broen.

Det var fortsatt helt stille. Han gikk noen skritt til, da han plutselig hørte noe. Det rørte seg.

«Hvem er det som tripper på min bro?» sa en mørk stemme fra dypet.

«Å, det er bare meg, den minste Bukken Bruse. Jeg skal til seters for å gjøre meg fet», svarte han, og gjorde seg så fin i stemmen.

Men det hjalp ikke. Trollet lot seg ikke sjarmere. Han ville spise den lille bukken, og skrek bare tilbake: «Nå kommer jeg og tar deg.»

Minstebukken kjente det ristet i broen. Noen kråker fløy opp, han skvatt, men beholdt fatningen: «Å nei,» sa han, «ta ikke meg, for jeg er så liten. Bare vent litt, så kommer den mellomste Bukken Bruse, han er mye større enn meg.»

Fra dypet kom det sinte lyder. Det ble ikke stille før trollet sa, «Javel, så gå da.»

Litt etter kom den mellomste Bukken Bruse. Han hadde sett hvordan det gikk med lillebror og gikk mot broen.

Tripp trapp, tripp trapp, tripp trapp, sa det.

Med én gang hørte han stemmen fra dypet, mye nærmere denne gangen:

«Hvem er det som tripper på min bro?» skrek trollet.»

«Å, det er den mellomste Bukken Bruse som skal til seters for å gjøre seg fet», sa bukken. Den var ikke så fin i stemmen.

«Nå kommer jeg og tar deg», ropte trollet.

«Å nei, ta ikke meg», sa den mellomste. «Vent heller litt, så kommer den store Bukken Bruse, han er mye, mye større enn meg. Han er verdt å vente på.»

«Javel, så gå da», sa trollet.

Det gikk en stund, og så kom store Bukken Bruse.

Tripp trapp, tripp trapp, tripp trapp, sa det

i broen. Storbukken var så tung at broen knaket.

«Hvem er det som tramper på min bro?» hørte han fra dypet.

«Det er den store Bukken Bruse», svarte bukken, og gjorde seg nesten like grov i stemmen.

«Nå kommer jeg og tar deg», skrek trollet.

«Ja, kom du! Jeg har horn så store som spyd, med dem skal jeg stikke ut øynene dine! Jeg har styrke til å bryte kampesteiner, med den skal jeg knuse både marg og ben!»

Plutselig kom en hånd opp på broen. Den forsøkte å gripe bukken, men storebror spratt unna. Igjen og igjen. Resten av kjempen var på vei opp. Han skrek og rallet, men storbukken gjorde seg klar. Han samlet alt mot, tok sats, og sprang så hardt han kunne på trollet. Rett i synet på ham! Nå skrek trollet enda mer, men storebror var klar. Nok en gang fikk han inn en fulltreffer på trollet som mistet fotfestet og falt utfor fossen.

For en kamp! Småbrødrene, som hadde sett det hele, kom løpende bort. De var overlykkelige! De hoppet og spratt. «Storebror,» sa de. «Du gjorde det ingen har gjort, du vant over trollet! Ingen har stanget som deg!»

Store Bukken Bruse gikk bort til de andre. Han sa: «Ja, dette er en stor dag. Nå er veien til setra klar. Det har den ikke vært på hundrevis av år. Men slik er det. Og kanskje er det sant som Gamlefar sa, at litt mot er alt som skal til for å forandre verden.»

«Jeg vet i iallfall en ting. At idet trollet kom over brua, så var Lysbukken på min side. Jeg kjente en styrke jeg aldri før har kjent, tiden utvidet seg, og alt ble lett. Allikevel, det var som om vi kjempet i en evighet. Jeg forstod underveis at trollet var en del av meg og at det er en kraft som binder oss alle sammen. Nå er jeg litt forvirret.»

Mellomste bukken så på han. Han lo. «Du skallet ganske hardt. Faktisk har jeg aldri sett et sånt sprang før. Er du sikker på at hodet ditt ikke fikk seg en knekk?» Han lo igjen.

«Jeg kjente denne kraften sterkere enn noe annet», svarte storebror. «Lysbukken og den og vi og alt er ett. Jeg vet det nå. Men det er allikevel merkelig at trollet passer inn.»

Lillebror kom bort: «Jeg tror i alle fall at fossen gjorde det av med ham. Jeg tror ikke vi trenger å tenke mer på den biten. Men at du tok ham, det er det råeste, storebror! Alle kommer til å bli skikkelig stolte av deg nå!»

Den store Bukken Bruse var fornøyd. «Vi får se,» svarte han. «Vi har to fjell igjen før vi er fremme. Mye kan skje. Det finnes sikkert flere troll i verden. Men det tror jeg nå: ikke bare kan de overvinnes, de kan temmes.»

Han så på de andre. «Det er mye mellom himmel og jord. Men det er mer mellom lys og mørke, og spillet som følger. Selv Gamlefar visste ikke at vi skulle stå her seirende. Og det er en trøst at det verste er forbi.»

Mellomste Bukken Bruse så mot toppene som lå foran dem. Terrenget var ukjent, men veien gikk videre. «Jeg aner ikke hva vi har i vente,» sa han. «Men langt der borte, ser dere at det lysner?»

De andre så det også. Langt, langt der borte, hadde lyset virkelig en annen farge. Forbi Sistefjell lå Gulltopp, og i den retningen gikk de tre Bukkene Bruse.

De gikk og de gikk. Jo nærmere de kom, desto mer lyste himmelen opp, og etter en reise de ikke vil glemme var de endelig fremme.

Der var setra! Gresset var ikke bare gyllent, men det var frukt, bær, og blomster de aldri før hadde sett. Det var som om alt lyste med en indre glød, og jo mer de spiste, jo mer ble frykt og tungsinn vasket vekk.

Slik gikk det til at også brødrene fikk erfare den gudommelige kraften som storebror hadde snakket om. For hvert tygg og hvert drøv var det som om et kosmisk maskineri ble stadig mer samstemt, mer synkronisert med deres indre verden. Verden ble vrengt på innsiden og tiden forandret form, men samtidig falt alt på plass. Enheten i alt ble opplagt, verden fremsto bare vakrere i sin skapelse, og en hellig ånd manifesterte seg i alt. Dens visdom og godhet var uendelig, dens tilstedeværelse absolutt.

Slik gikk de tre bukkene og gresset og gresset. Det var som om sommeren alltid skulle vare. Livet var i komplett harmoni, og Bukkene Bruse nøt livet på heia.

DET TAPTE KAPITTEL

De tre Bukkene Bruse hadde vært på setra lenge. De hadde gresset og gresset og aldri vært så gode og mette, men noe manglet. Flokken var igjen i dalen og minstebukken tenkte stadig mer på mor. Han gikk bort til storebror. «Dette trumfer det meste», sa han. «Men jeg savner mor og vennene. «Nå som vi er komplette, skal vi ikke dra tilbake og vise veien?»

Storebror nikket. Han hadde ventet på dette. Han svarte: «Livet har aldri vært så godt, men andre sliter. Det er plass her til alle. Så klart vi må tilbake. Har du snakket med bror?»

Den mellomste Bukken Bruse lå i gresset litt lenger bort. Han drømte. Men denne gangen var noe annerledes. Heller enn flyvedrømmer og idylliske visjoner, var han våken. Han var i et øde, snødekt landskap, og alt var blankt. Han visste ikke hvem han var og kjente ikke omgivelsene. Alt han hadde var fotsporene. De gikk bakover i snøen, og han fulgte dem.

Slik gikk han en lang stund, uten annet enn sporene. Atmosfæren var treg og tung, og en sorg lå over landskapet. Han gikk og han gikk. Ting ble ikke lysere. I stedet kom han til et sted det var noe kjent med. Han kunne ikke plassere hvor. Alt var preget av et slør. Bare snøen og fotsporene. Men jo mer han fulgte dem ble det klart at han hadde gått over plassen før. Faktisk, det gikk opp for ham at han gikk i sirkel, og at han var i makten til et hemmelig vesen. Noe som skjulte seg og ikke tålte lys. Han fikk følelsen av å være en brikke i et større spill, og at han ikke klarte å befri seg fra magikerens kontroll.

Han visste ikke om han våknet eller kom til seg selv, men plutselig sto minsten der.

«Er du klar?» spurte lillebror.

Den mellomste Bukken Bruse stablet seg på beina. Han så seg om. Han skjønte hva det var snakk om. Og at de måtte dra. Men denne drømmen var merkelig og han fortalte den til brødrene.

Storebror så på ham. «Noe er på gang», sa han. «Denne setra er fin. Men drømmen kunne ikke kommet om den var komplett. Jeg tolker den som at vi har vært her for lenge. Jeg frykter at flokken er i fare. La oss dra.»

De tre Bukkene Bruse tok med seg det de kunne av gress, og la ut på tur. De gikk og de gikk. De fulgte sporene tilbake til broen, og var lykkelige over å oppdage at trollet fortsatt var borte.

Minstebror nikket fornøyd. «Jeg tenker det holdt», sa han. «Det trollet lærte nok leksa si».

«Jeg tenker veien videre blir enkel.»

Mellomste bror nikket han også. «Ja, nå er det bare ulvene og snøen. Det gikk greit sist, da været var bra. Men ting er ikke som de var. Jeg aner ikke hvor lenge vi var på setra. Men været er kaldere, og landskapet virker tynget. Jeg er kanskje preget av drømmen, men jeg er urolig.»

De hadde alle kjent på dette. Storebror også. Jo lenger de kom fra setra, jo mer ble den et minne, og gradvis kjente de tre bukkene farer true. Først var det snøleoparden på Sistefjell som minnet dem på verdens realiteter. En mor måtte fø sine barn, og det var så vidt de unnslapp. Minstebror hadde nesten fått beinet revet av da hun satte tennene i ham, men farten var stor og leoparden måtte slippe taket for ikke å bli med i strykene da bukken styrtet ned fjellsiden.

Heldigvis, han drev av sted til trygghet og brødrene på andre siden. De hadde fortsatt gresset fra setra, og med dette ble lillebror bra. Men de så at det ikke var hva det hadde vært. Det gylne gresset hadde begynt å falme og smakte tørt. Allikevel, det hjelp minsten, og etter et par dager var de på vei videre.

Med denne episoden i minnet var de klar over at ulvene på Fjerdefjell og Andrefjell kunne bli slutten. De nøt den friske fjelluften og friheten på veien, men en gammel frykt var tilbake. Hele veien var bukkene på vakt. De sov ikke lenger trygt, og storebror var våken mens de andre hvilte.

Slik gikk reisen. Den lykke de hadde kjent på heia falmet som gresset, men ulver så de ikke. I stedet dukket en merkelig figur opp på Tredjefjell. Han var en røyskatt, hvilket er naturlig nok, men ikke så sky som andre. Han så ut som en som alltid hadde vandret og som alltid følte seg hjemme, og de tre Bukkene Bruse ble imponert over den lille fyren kom bort—helt uten frykt.

«Hvem er du?» spurte store Bukken Bruse. Alle hadde lagt merke til en fjellrev som fulgte med, men den lille røyskatten svarte: «Hvis du er noen, er du alle. Du vet vel det bedre enn noen». Han lo. En trillende latter. Fjellreven lusket stadig nærmere, men han var fortsatt uberørt. Den lille Bukken Bruse tok ordet. «Du ser den reven?»

«Han ser ganske sulten ut». «Hvorfor gjemmer du deg ikke i de steinene?»

Røyskatten så på minstebror. «Jeg ser at

du er såret. Og at du har vært igjennom
stor fare. Men vi er her nå til tross for
farer, synlige som usette.»

Han så på de andre. Han fortsatte: «Som
dere, har jeg vært gjennom mer enn det
ser ut til. Jeg også har møtt Lysbukken.
Jeg også har møtt troll og kontroll—men
i form av en søt ilder. Jeg vet at de usette
farene er mer å frykte. Og jeg har fortsatt
til gode å møte en fjellrev verre enn
henne».

Han lo igjen. «Vi holdes oppe av en kraft,
en puls, som har et større bilde for øyet
enn at du og jeg skal komme oss igjennom
dagen. Vi dyrene spiser hverandre, slik
har det alltid vært, men det kommer en
dag da vi skal leve side om side. Dere er
en del av denne planen, og derfor er vi
her—også reven».

«Jeg vet hun hører meg. Jeg vet at også
hun har kjent på det samme. Hun er selv
redd for ørnen, som flyr der oppe, og hun

har mistet flere kull til snøen. Den bare brer om seg. Mens vinteren blir hardere, blir sommeren kortere, og vi er alle presset. Vi har derfor interesse i å finne en løsning».

Fjellreven kunne ikke forstå hvordan den lille røyskatten lot til å kjenne henne så godt. Men hun fikk sans for fyren. Hun kikket opp, og høyt der oppe sirklet en ørn etter byttet sitt. Reven lusket bort til dem.

«Jeg hører deg», sa hun.

«Fjellet blir stadig vanskeligere. Det er knapt egg å oppdrive, og familien sulter. Men det gjør også andre. Det går rykter om en forbannelse. Kråkene blir stadig flere. De kommer med dårlige tider og flere blir syke. Jeg vet ikke hva vi skal gjøre.»

Ørnen sirklet nærmere. Den lille røyskatten var fortsatt rolig, og reven ville ikke være dårligere. Hun lot som om hun var uberørt av spørsmål om liv og død, men flyttet seg nærmere den største bukken.

Ørnen kom inn for landing. Den siktet seg inn på en gjeng kråker like ved, og tok plassen deres. De stakk.

Ørnen begynte å snakke. «Jeg hører deg også, og jeg har nyheter. En hytte er sett på Førstefjell, ute i den evige snøen. Omkring den flokker kråkene, men de mest klarsynte har ikke sett hvem som bor der. Alt de vet er at han ikke kommer fra denne siden. Han skifter form og er omgitt av et mørke. Vi kaller det derfor Mørkfjell.»

Storebror så på ham. Han tenkte, til røyskatten brøt inn. «Mørket har samlet seg lenge. Først nå begynner vi å se hva vi har med å gjøre.»

Han studerte ørnen. «Vi røyskatter vet at seerne deres ikke er blant de mest klarsynte, og vi har lenge kjent at jorden forringes. Selv plantene har sett tegninga. De kjenner giften i røttene. De vet at den kommer fra vannet til en trollmann på Førstefjell. Den gamle kilden er ikke som før. At ørnene nå har fått med seg det opplagte tyder på at det ikke er lenge igjen. Det betyr at vi nærmer oss slutten på en syklus, og at vi har en jobb å gjøre.»

Han så på de andre. «Dette er de tider som Profeten har snakket om. Den viseste hadde en visjon hvor han så tiden som et stort kapittel. Han så tiden som en elv som la veien for større skapelse, en kraft som søkte å realisere seg selv, og at vi alle var del av denne elven. Han sa at vi ikke bare var del av den, men at det kom en tid da vi alle skulle se verden med nye øyne og forstå at vi alle var elven—i sin helhet.»

«Stjerneleserne våre har siden merket seg himmelen. De har sett mindre sykluser komme og gå, men de mener at en større omveltning er nær.»

Mellomste Bukken Bruse så på ham. «Du hadde likt Gamlefar», sa han. «Dere hadde hatt mye å snakke om.»

«Men verden blir bare mørkere. Hva om vi snakker med vennene våre, og de snakker med sine, så kan vi dra til et sted litt lenger bort, bare fem fjell. Der er det en seter så gjev at det er plass til alle. Vi kan reise dit, så kan vi styrkes og mettes. Vi kan også planlegge en strategi, og finne ut hva som bør gjøres med Mørk-fjell.»

Den minste Bukken Bruse nikket enig. Han savnet familien og gledet seg til å se flokken. Det skulle bli litt av et syn når de trosset mørket og kom seg til setra.

«La oss dra», sa han. «Jeg kan ikke vente med å fortelle mamma hva som har hendt. Vi reiser nå hver til våre, så samler vi dem vi kan. Vi forteller dem om mørket, om magikeren som ødelegger vannet, og så møtes vi på setra.»

Alle var enige, unntatt røyskatten. Han mente at løsningen lå nærmere enn setra. Han tenkte på trollene og ville snakke med dem. Men hvor var de nå?

De tre bukkene hadde ikke sett noen på veien tilbake. Røyskatten mente derfor at de burde lete mot nord, mot Tårnhøydene og Ødehaugene. Ørnen hadde sagt at det var størst sjanse for å finne troll der.

Reisen var imidlertid lang og bukkene ikke klar for omvei. De ville hjem og advare flokken. Det ble derfor til at røyskatten fløy med ørnen mot nord. Fjellreven dro for å snakke med ulvene, mens de tre Bukkene Bruse la på vei hjemover.

Bukkene var oppløftet etter møtet med de nye vennene og etter noen dagers reise så de snøen på Mørkfjell. Det var opplagt noe på gang. Vannet ble merkbart verre. Men bukkene måtte drikke, og de kjente en stigende uro.

Der oppe var en annen fiende. Kanskje enda verre enn trollet. Hvem var han? Hvorfor forgiftet han vannet? Ikke engang store Bukken Bruse ante hva de skulle gjøre. Men til dalen måtte de. Været, som sist var så bra, var blitt verre, og de prøvde å bevege seg usett.

Allikevel var det som at noen fulgte med. Det var stadige kråkeflokker som fløy over dem, mot snøtoppene.

De bestemte seg for å gå mot Gråtopp og krysse tussfaret, en revne som gikk som et sår i landskapet. Det var et skrint og steinete område mot sør, men på andre siden var det skoger, og de tre bukkene mente de kunne komme seg usett hjem den veien. Det gikk rykter om en stygg ulv, men de ville heller risikere dette.

De var alle engstelige for hva som var i vente, men ulv så de ikke. I stedet møtte de, mens de sov, et lite lam.

Han var veldig søt og sa han var Lys-bukkens sendebud med en beskjed. Han virket tillitsvekkende nok, og for å bevise at han var et himmelsk bud satte han fyr på en busk. Uten hjelpestikker. De tre bukkene hadde aldri sett slikt. Og det lille lammet fortsatte, med den fineste stemmen: «Hør denne beskjeden: Seteren er satt langt unna og trollet imellom fordi geitene skal holde seg i dalen. Det er ikke meningen at dere skal til setra enda, men vente på en kalv som kommer.»

Storebukken Bruse svarte: «Jeg hører deg. Men hvorfor skal vi tro deg?»

Det lille lammet fortsatte, med den fineste stemmen: «Det er ikke en del av planen at dere skal overvinne trollet. Og det har dere heller ikke gjort. Styggen lever enda og er farligere enn før. Han er snart tilbake under broa. Lysbukken ber dere ligge unna. Dere må forstå at dere er del av en større plan og at setra må vente en stund til. Trollet bor der for å vokte veien, og dere forstyrrer et større klokkeverk ved å ta med flokken.»

Den mellomste Bukken Bruse brøt inn: «Og du vil at vi skal vente hvor lenge? Det hviler en smerte over fjellene som bare blir verre. Alt eter på seg selv og ingenting blir bedre, selv vannet er forgiftet.»

Lammet så på de tre geitene. Han var åpenbart ikke allvitende. «Så dere vet om vannet», sa han. «Da har dere snakket med plantene eller røyskattene, men det spiller ingen rolle. Heller ikke de vet alt, og jeg vil råde dere til å ligge unna. Prosessen er nesten fullendt. Vent på kalven.»

Han så opp på stjernene.

«Lysbukken vil det sånn», sa han.

«Så du har rådet oss», svarte store Bukken Bruse. «Da takker jeg og ber deg gå, for slik tillit er en mørk kontrakt. Jeg har møtt Lysbukken, og du er ikke er av lyset. Du har en helt annen eim.»

Det lille lammet så på ham, skiftet form, og foran dem sto en lasete og gråsvart bukk. Horna var gamle som fjellene. Han gikk noen skritt. Og jo nærmere han kom, jo sortere ble natten.

Den store Bukken Bruse møtte han med blikket. Han forberedte seg på kamp, men den fremmede gliste. Han så på kråkene som samlet seg på himmelen. «Jeg kunne knust dere,» sa han, og satte et tre i brann. «Men jeg er en kraft som kjenner mitt formål. Jeg griper ikke inn på den måten. Jeg også er del av en plan.»

«Og hva er planen?» spurte mellomste Bukken Bruse. Hva er det som er så greit med å lage problemer for andre, når alle kunne hatt det fint hele tiden?»

Den fremmede svarte: «Dette er ikke noe for geiter. Dere er ubetydelige. Men dere lever i utkanten av et større univers, og en syklus er slutt». Dere skal få tilgang til setra, bare vent litt.»

«Så alle kommer til setra snart?» spurte minstebukken.

Den fremmede smilte. «Ja», sa han. Før han la til, «de som vil.»

Det gikk frysninger nedover ryggen til storebror. Han visste at han måtte redde flokken.

Han tok ordet: «Du sier mye, men er ikke allvitende. Du visste ikke at vi kjente til vannet, eller at vi hadde snakket med røyskattene. Du avslører i stedet at du har forgiftet jorden, så hvorfor skal vi høre på deg? Hvorfor ødelegger du for oss?»

Den fremmede svarte: «Det handler ikke om dere. Dere er som sagt ubetydelige.

Det er livets vann jeg har rammet, og det er tilfeldig at kilden er her.»

De tre geitene stirret inn i mørket som var den fremmedes øyne. Han hadde helt klart en større plan, en som ikke lovet godt for geiter, men de kunne ikke se det større bildet. Årsaken til slik ondskap forble uklar.

Den fremmede noterte seg forvillelsen. Han nøt den, før han fortsatte: «Men vit at jeg har ingen ambisjon om å ødelegge. Faktisk liker jeg dere godt, og det er derfor jeg ber dere vente. Setra er ikke for dere, ikke ennå. Dere må vente til verden er klar, og det nytter ikke med flokken.»

I det han fortsatte, avslørte stemmen et hat. Han ble mørkere: «Deres vilje er veik. Den tidligere stolte flokken av fjellgeiter er nå mer lik sauer som søker hyrdens trygghet, og slik ville det vært også uten min hjelp.»

Han tok seg i det og fortsatte med sin fineste stemme: «Det var aldri noe tak i dem uansett, og jeg har tatt vannet for å fremskynde en større prosess. En ny tid er på vei, og de har sittet for lenge på gjerdet. Nå må de vise hvem de er, og enhver vil få som fortjent. Bare vent på kalven.»

De tre bukkene bruse visste ikke at trollmannen hadde forgiftet tidsånden før han ødela den første kilden. Den siste operasjonen var bare en ekstra forsikring for at ting gikk hans vei, og han var trygg på andres dumhet. Han registrerte derfor ingen trussel i de tre Bukkene Bruse. Han så hvordan de allerede hadde gått av seg mye av fettet og at vinteren ville bli hard. Han visste også hvordan det sto til i den lille dalen, og var trygg på at geitene ville bli der til sin død. Frykt holdt dem der, og frykt hadde et godt grep.

Men de tre brødrene var ikke som andre. Den minste var kanskje skjelven, men gikk bort og sa: «Jeg vet ikke mye om spillet ditt. Men jeg vet at det finnes en seter så gjev at vi alle kan dra dit. Det vet også alle andre dyr. Og de er på vei. Det trollet er ingenting for oss.»

Den fremmede skjønte at han ikke kunne forandre viljen til de tre bukkene. Han sa derfor spottende til store Bukken Bruse: «Jeg kunne satt ti troll for å vokte brua, men gidder ikke. Ett er mer enn nok. Det finnes ikke sjans for at dere kan vekke flokken, og aldri har jeg sett noe dummere enn Lysbukken. Du tror at de andre skal se lyset?»

Han lo. En vond latter. «Profetene hans har vandret jorden i tusenvis av år. Allikevel er verden den samme.»

Han spyttet på bakken, før han fortsatte:

«Veikere ætt har jeg aldri sett. Frykt styrer fra fødsel til grav. Og du tror at ting vil bli bedre?»

Han lo hånlig. «Du kan ikke utrette noe mot flokkens dumhet. De spiser alle av min hånd. Jeg har vært i dalen din. Jeg kommer derfra nå. Gå og se. Ting er ikke blitt bedre.»

Den fremmede forvandlet seg til en kråke og forsvant med flokken.

De tre Bukkene Bruse kjente hjertet banke. Alle satt igjen med flere spørsmål enn svar, men storebror sa: «Du gjorde riktig bror. Jeg er stolt av deg. Det er heller ikke langt igjen. Vi drar hjem til dalen og forteller hva vi har sett.»

Det gikk tid før de tre bukkene Bruse kom til dalen. Men der var den. Det blåste en kald vind igjennom skogene og i den første landsbyen var det ingen å se. Heller ikke i den andre, eller den tredje. Bare en masse skilt over alt.

De gikk videre på en skogssti og var nesten hjemme da de møtte sauer fra kongsgården. De gikk i formasjon og virket ikke fornøyd. Lederen tok ett skritt frem. «Dette er kongens garde», sa han. «Jeg er sersjanten. I lovens navn, hva gjør dere her? Hvorfor adlyder dere ikke kongens ordre?»

De tre Bukkene Bruse så på hverandre. De kjente sersjanten fra skolen. Han var en livlig sau, men nå en annen. Øynene var blanke, nesten slukket. Han lot ikke til å huske dem, så lille Bukken Bruse sa: «Hei Gunnar, kjenner du oss ikke igjen? Det er oss, de tre Bukkene Bruse.»

Gunnar var der inne et sted. Men sersjanten satte opp et ergerlig blikk og fortsatte: «Det er plakater overalt om at fjelluft er forbudt. Man må ha tillatelse til å være ute.»

De tre bukkene vekslet blikk igjen. Storebror svarte: «Hør her, vi vet ingenting om kongens ordre. Vi kommer fra en lang reise. Vi har kjempet mot trollet og vært på setra. Men vi har viktigere nyheter. Kan dere ta med beskjed til kongen?»

Det ble snakk sauene imellom før sersjanten sa: «Les plakaten!»

Han dro ned en plakat fra et tre og viste den til de tre Bukkene Bruse. Storebror leste:

«O-R-D-R-E-F-R-A-K-O-N-G-E-N.»

«A-L-L-E-U-T-E-N-T-I-L-L-A-T-E-L-S-E-S-K-A-L-V-Æ-R-E-I-N-N-E.»

«Å-S-N-A-K-K-E-O-M-T-R-O-L-L-O-G-S-E-T-E-R-E-R-O-G-S-Å-F-O-R-B-U-D-T.»

De tre bukkene så på hverandre enda en gang. Men ikke lenge, før sersjanten sa: «Arrester disse trippelforbryterne! Det er 20 års fengsel for å bryte kongens lover. Dere får seksti!»

De tre bukkene ble omringet av saueflokken. Sersjanten var fornøyd og tenkte på forfremmelsen. «Den ble fin,» tenkte han. Her hadde han fakket tre trippelforbrytere, en sjelden vare. Grisene måtte ta seg av disse.

«Dere blir med til kongens gård», sa han. «Forsøk på å rømme straffes med døden.»

Minstebror søkte varmen fra storebror. Det lå en syk kulde over byen og det var ikke fjelluften. Et hode eller to tittet ut av vinduer. Noen var kjente, men ingen sa noe. Storebror forsikret brødrene om at det skulle bli en løsning bare de snakket med kongen. De gjorde derfor ingen motstand og ble med.

Kongen selv hadde tilhold i en større by. Det var sjelden han besøkte den fjerntliggende gården, men det var der ting skjedde. Klokkergeita hadde hatt besøk av en fjern slektning. Han kom like usett som han forsvant, men i mellomtiden kom flere lover. Disse lovene skulle beskytte mot farene som truet, og kongs-gården var blitt en viktig plass. Dyra der ble mer og mer opptatt av å passe på farer, og snart var et større prosjekt i gang.

Under ledelse av klokkergeita ble stadig flere satt til å passe på andre, og den lille dalen så sitt første rettsapparat. Grisene ville gjerne være dommere, mens sauene og hundene passet lov og orden. Kattene var totalt ubrukelige. Kuene også. De så ikke poenget, men rottene, hønsene og musene organiserte byråkratiet. Slik ble gården det stedet som sluttet å pro-dusere, og som dyrene i dalen sørget for mat til.

For å sikre dette ble nye lover laget. Hes-tene, oksene og eslene ble satt til å passe på lovene, og kongsgården ombygd. Den representerte kongens makt, og makten måtte ha fengsler for å passe på lovbry-tere.

Dit var de tre Bukkene Bruse på vei.

På veien så de flere skilt enn geiter og det var få andre dyr. Frykten lå tett over kongens land og de tre Bukkene Bruse ble satt i arresten.

Der satt de en stund. Familien besøkte dem, men det var ingenting å gjøre. Bare de nærmeste fikk tillatelse til å komme på besøk og når bukkene fortalte om trollet, setra, og trollmannen var det bare mor som ikke så brydd på dem. Hun trodde på killingene sine, men kunne ikke snakke om sannheten. Jo mer hun prøvde, jo mer problemer fikk hun. Og fordi ingen ville høre, hjalp hun etter hvert med hva hun kunne.

For de tre Bukkene Bruse gikk det ikke mye bedre.

Etter å ha sittet vinteren i arresten var det retten. Der fikk de forklare seg for en dommer, men kongen så de aldri noe til.

Først mente grisene at de tre Bukkene Bruse løy. Deretter, når de skjønte at bukkene trodde på historien, tenkte de at de hadde gått seg vill i tåkefjellene eller at det var fjellufta som var blitt for mye. At de hadde stått opp mot troll og trollmenn og vært på den eviggrønne setra, det kunne dyrene i den lille dalen iallfall ikke tro. I stedet måtte det være lufta der oppe som hadde blitt enda farligere og de tre bukkene som hadde drømt det hele.

De følte seg derfor sikre på at mysteriet var løst. Bare farlig fjelluft kunne forklare at noen så åpenlyst trosset kongens påbud. Dyra på kongsgården skrev derfor nye lover som under ingen omstendighet tillot ferdsel i fjellet. Man fikk bare gå ut av huset etter å ha drukket motgiften mot fjelluft som klokkergeita hadde kokt sammen. Den syntes ikke akkurat å hjelpe, men de tre Bukkene Bruse fikk slippe fri hvis de erklærte at de var under påvirkning av fjelluft da ugjerningen skjedde.

Dette var heldig for de tre bukkene. De kunne velge mellom dette eller 60 år i fengsel. Det siste hørtes ikke gøy ut. De tenkte også på mor som sa at de ikke kunne forandre verden fra fengsel, og at det beste var å komme seg ut av kongens klør.

Allikevel kunne ikke de tre Bukkene Bruse skrive under. En slik svindel, mente storebror, var verre enn 60 år i fengsel. Han ville heller leve for sannheten enn kongens lover. De andre var enige, og de bestemte seg for å rømme. Det var en smal sak, mente storebror, og la frem en plan.

Gjennom vinteren var stadig flere blitt misfornøyd med det nye regimet. Rådyrene var de første som forsvant, og vennene på utsiden fortalte om et liv som ble verre. De som klarte seg, var enten i kongens tjeneste eller heldige. Mat var det lite av. Det lille som var, ble ikke rettferdig fordelt og flere begynte å snakke om setra. I hemmelighet, så klart.

Ingen turte å stå opp mot makten åpenlyst. Til det var frykten fortsatt for stor. Men alle kjente at det brant. Jo mer mørket grep om seg, desto mer kjente dyrene en ny ild melde seg. Stadig flere skjønte at noe var galt, og storebror mente at de kunne gjøre nytte for seg på rømmen.

Han planla motstandskamp og opprør mot kongsgården. Etter dette skulle bukkene få med så mange som mulig til setra. Sammen med de som ventet, skulle de ta oppgjør med trollmannen i snøen.

Brødrene var ikke vonde å be. Til tross for forbud kjente de fjellufta, og våren var på vei. En stille natt snek de seg derfor ut av fengslet og satte kursen mot fjellene.

~ 3 ~

TROLL OG SKAPELSE

Motstandskampen til de tre Bukkene Bruse gikk ikke etter planen. I seks år hadde de samlet seg i fjellene. Dyra i dalen var imidlertid vanskelige å vekke. I seks år hadde kongens makt vokst, og stadig flere ble underlagt Komplekset. Dette var den maskin som skulle beskytte mot farer som truet. Den forente alle kongsgårdene og vokste seg stadig større.

Kongen selv, for å beholde makten, måtte alliere seg med Komplekset og slik ble riket raskt bundet. Så langt skoger strakte seg, og så langt fjell rakk, var det et system på plass som sørget for at stadig flere ble ansatt i kongens tjeneste eller fengslet. Nye lover skapte nye lover som igjen skapte flere lover. Alt for å beskytte fra den farlige fjellufta og snakk om troll og seter. Slike rykter skapte ustabilitet. Om setra ble kjent fryktet kongen ikke bare folkevandring, men Komplekset ville miste kontrollen. Stadig flere dyr ville foretrekke fjelluft fremfor byene, og det var ikke godt å si hvordan det ville gå.

Bare tanken på troll og seter var derfor nok til at kongen sov dårlig. Han hadde kanskje alt hva penger kunne kjøpe, men likte dårlig drømmene. De var vonde alle sammen. Og han visste ikke om det var fordi flere ble kastet i fengsel, eller at andre i det siste hadde sneket seg av sted om natten. Selv hans nærmeste rådgiver, en slange, var forsvunnet. Og kongen selv, en løve, følte seg ikke særlig stolt. «Nei, verden var ikke hva den kunne vært», tenkte han. Men han så ingen løsning på problemene.

Det gjorde heller ikke de tre Bukkene Bruse. I seks år hadde de forsøkt å vekke dalen, men om ting var blitt verre var ikke frykten mindre. Det var blitt bygget flere fengsler, og de som ikke fryktet fjellufta fryktet kongsgården. Den var blitt en høyborg og grisene hadde nok å gjøre. De hadde fått kapper for innsatsen mot lovbrytere, og dem var det nok av. Frivillige som ufrivillige.

Stadig flere lover og et stadig mer paranoid statsapparat sørget for at stadig flere åkte inn. Dyrene skulle ikke ytre mye misnøye før maktens spioner angav dem, og Oppriktighetsministeriet, det siste påfunn i kampen mot indre fiender, sørget for tilståelser på løpende bånd.

Selv om frustrasjonen med terrorveldet var økende, ble dalen slik sett holdt i sjakk av et system med belønning og straff. Noen videre undergrunn var derfor ikke vokst frem. Alt for få var samlet seg for å velte kongen, og de tre bukkene tenkte på plan B.

«Er det ikke på tide at vi drar til setra?», sa mellomste Bukken Bruse. Han var i sin beste alder og klar for hva det skulle være. Også store Bukken Bruse var klar. Det var umulig å vekke dalen. Han og brødrene hadde prøvd alt, men var like langt.

Når det gjaldt magikeren på Mørkfjell, hadde ingen sett ham. Men de tre bukkene visste han var der. Vannet var bare blitt verre og fjellene syntes å synke sammen. Planter og dyreliv var det ikke bare lite av, men selv nordavinden syntes forgiftet.

Storbukken så ned på dalen og sa, «Dette er et trist kapittel. Men vi gir ikke opp flokken. Dalen er skadet, men vi skal komme tilbake. Vi drar til setra for å finne vennene våre, og vi finner en måte å bekjempe magikeren. Om vi får vekk ham, vil mye være gjort.»

Den lille Bukken Bruse nikket. Han så allikevel ikke frem til reisen.

«Men husker dere,» begynte han, «trollmannen sa han bestemte over trollene? Han sa at han hadde satt et troll til å passe broa, men vi vet ikke om han satt ut flere.»

«Det var ille nok sist. Hva om det blir verre nå?»

Lillebror hadde rett. Veien til setra var ikke for pyser.

«Hvem vet om vi kommer frem?» sa mellomste bror. «Men vi kaster bort tid. Hvis vi drar nå, er været med oss. Det er ennå tid før snøen og vi har gode sjanser.»

Den mellomste Bukken Bruse dro horna over noen steiner. Han klar for å gjøre som storebror og stange trollet ned fossen.

Den største Bukken Bruse var heller ikke redd. Men han husket hvor hardt det var å sloss med trollet. Han lurte på det røyskatten hadde sagt. Om at trollene kunne være en løsning heller enn et problem. Men hvordan? Trollet på broen var ikke interessert i å snakke. Det var lite annet å gjøre enn å ta opp kampen, og det var det han hadde gjort.

Han så på brødrene sine: «Det er rart,» sa han.

«Siden møtet med trollet på broen, har jeg hatt drømmer hvor trollet og jeg blir venner. Eller mer enn det. Det er som om vi blir ett og verden vrenges. Det er som om vi kommer til setra, men et enda bedre sted. Helt vilt mye bedre, faktisk.»

Den lille Bukken Bruse hadde lyst til å se setra, men ikke troll. Han og hadde fått horn siden sist, men ikke store. Han ristet på ørene. «Det kan være trollmannen som lurer deg», sa han. «Kanskje han lokker oss i fanget på ti troll?»

«Da skal de få med disse horna å gjøre», sa mellomste bukken. Han løftet seg opp på to bein og stanget så en stein knuste. Han rystet på hodet, men nikket fornøyd: «Jeg tror ikke nøtta til trollet er hardere enn den steinen», sa han.

«Jeg tenker vi skal klare ti troll, om det er det som må til.»

Slik var det at de tre brødrene la ut på ferden. De trakk oppover i fjellene og vekk fra dalen. Men jo nærmere de kom Førstefjell, jo mer kjente de uroen. Området var mer ødelagt enn sist. Det var dødt, og kråkene og en forpestet vind gjorde reisen verre. Tanken på trollmannens vaktsomme øyne, gjorde at de tre bukkene trakk mot Tussfaret. Det delte seg lenger frem, og de kunne følge det ganske langt.

Det hadde ikke gått etter planen sist. Men om de skulle holde seg skjult var dette veien. Skyggen av de steile veggene tårnet over dem, og lille Bukken Bruse kjente seg trygg. Slik gikk de en stund. De var forbi Gråtopp, i skogene på vestsiden av juvet, da de la seg til for å sove. De hørte ulver, sikkert stygge, men langt borte. Lillebror var nesten sovnet da de hørte tunge skritt.

En kjempe var på vei forbi, mot sør, og de lå helt stille. Ikke så langt unna gikk et troll. De kjente lukten helt dit, og den minste ble iskald. Marg og bein frøs, og han tenkte at han aldri ville se et troll igjen.

Det var virkelig flere i verden. Eller var dette det samme de møtte tidligere? Betydde dette at veien til setra var klar? Trollet hadde gått i andre retningen, så det kunne jo tenkes. Han følte seg opp-muntret. Han kjente setra lokket.

Men mellomste Bukken Bruse var ikke fornøyd. «Pokker», sa han. «Hadde styggen kommet denne veien, skulle han fått.»

Han var i gang med hvordan trollet skulle fått seg en lekse, da storebror brøt inn: «Det er greit å sloss når man må,» sa han, «men det er dumt å oppsøke trøbbel.»

På sine eldre dager hadde han tenkt mye på møtet med trollet. Han husket kampen på liv og død, og hvordan kjempen hadde blitt skadet. Han fortsatte: «Jo mer man leter etter problemer, jo vanskeligere blir også livet. Vi skal være glade for at trollet ikke kom hitover. Da får ingen vondt, og vi kan dra til setra.»

«Bare vi kommer oss forbi Blåtopp skal vi få gress under beina, vent å se.»

Men den mellomste var fortsatt ikke fornøyd. Han hadde slipt horna så spisse at han måtte finne trollet. «Kjenn på disse horna», sa han. Så dum som trollet hadde vært, var det på sin plass at han fikk stange litt. Og fordi Grottdypet lå mot sør, ville han gå den veien—kanskje trollet var der?

Det var en kjent sak at troll bodde usett. «Dypest mulig gjemmer dem seg», det hadde far sagt. Brødrene hadde ikke tenkt så mye på det da. Men den mellomste bukken la to og to sammen og insisterte på å dra mot Dypet. Der var det grotter og broer som hadde stått tomme i mange år, og han mente trollet var på vei dit.

Grottdypet lå i ufremkommelig natur. Det var mellom noen tinder i sørvest, med juv så store at Førstefjell, Andrefjell, og Tredjefjell ble små. Det var her trollene holdt til i gamle dager, og det gikk myter om stedet. Ekkoet av en tung sorg hang i veggene, og de som kom derfra ble ikke seg selv. Post-traumatisk stress kalte de det. Bare av å ha vært der. Noe troll hadde reisende ikke sett, ikke på generasjoner, men frykten hang ennå igjen.

Og dit ville mellomste Bukken Bruse.

«Det har rabla for deg,» sa lillebror. «Du har i sannhet klikka.» Lillebror hadde hørt om stedet. Han ville ikke dit. Ikke storebror heller. Men han sa: «Jeg er med. Men ikke for å drepe. Men for å bli venner. Tenk hva vi kan få til? Vi kan hamle opp med kongsgården, og kongen og Komplekset.»

Den mellomste likte planen dårlig. Han mente at det var best å bli kvitt trollet, og at det kom lite av å snakke med det. Minstebukken ville til setra. Også han mente at troll var umulige.

«Det var sikkert bare å gå til nærmeste by og se,» sa han. «Det sto sikkert ikke bra til.»

Også storebror ville vite mer, så de dro mot Førsteby. Den lå mot øst, i retningen trollet kom. De gikk og de gikk. Til slutt så de byen. Det var opplagt at trollet hadde vært innom.

Den første de møtte, var en okse som var meget oppgitt. Han var en general som skulle passe på byen. De hadde fått bud fra Nesteby om troll. De hadde forberedt seg på kamp, men trollet feide dem unna. Bitt hodet av flere, hadde han gjort. Han sverget at dette var det verste, og at kongen skulle få høre.

Trollet måtte tas, mente generalen. For enhver pris.

Den mellomste Bukken Bruse var i fyr og flamme. Trollet var ikke å snakke med, det var klart, og det beste var om de fant ham. Liv sto i fare, og han tenkte på statusen storebror hadde fått. Mange kalte ham «trollkjemper» og han likte klangen. Det hadde vært fint, mente han, å ta et troll, og han ville fortsatt til Grottdypet. De andre foreslo nabobyen.

Det ble til at de dro til Nesteby. Og det var opplagt at trollet hadde vært grusom.

Innbyggerne var sinte, og et esel fortalte at trollet kom fra Borteby. Han hadde trampet gjennom byen med vilje, til og med gått omvei innom rådhuset, og var som troll flest. Ikke til å snakke med. Eselet sa at et kompani sauer prøvde å arrestere trollet før det ødela byen. Men heller enn å bli med til stasjonen, hadde han gått berserk. Resultatet så de selv. Det så ikke pent ut.

De tre bukkene så på hverandre. De lurte på hva de skulle gjøre. Trollet var ikke vel bevart. Allikevel, mente storebror, det var ikke godt å si om sauene eller trollet hadde startet. Den mellomste var styrket i sin tro, men største bukken mente de skulle dra til nabobyen. Det gjorde de.

Etter en lengre vandring kom de til Borteby. Byen var ødelagt og det samme hadde skjedd. Også her kom trollet fra øst. Det var ikke sauer som mottok ham, men en høne. Hun kjente lukten lenge før, og hadde ropt på hanen. Hanen varslet om faren som truet, og slik fikk resten av innbyggerne rømt. Styggen hadde allikevel rasert byen—rådhuset også.

Den mellomste var overbevist. De hadde gått igjennom tre utslettete byer og det var opplagt at monsteret måtte drepes. Storebror var også bekymret, men alle måtte hvile. De la seg til i stallen, hvor en slange kom om natten.

Lillebror så henne først. Hun dukket opp fra høyet og presenterte seg.

«Jeg er en budbringer. Dere går feil vei,» sa hun. Slangen hveste, tungen viste seg.

Slangen forklarte at det til enhver tid,

blant dyrene, hadde eksistert hemmelige ordner som brukte svart og hvit magi. At det handlet om makt og kontroll på den ene siden og de som ville leve i frihet på den andre. Hun sa at hun var en del av Slangenes Orden. At den var fra tidenes morgen, og at hun ville hjelpe dem.

Den lille bukken var ikke betrygget. Bukker og slanger var ikke de beste venner, og han tenkte på trollmannen. «Jeg hører, men hvorfor skal jeg tro deg?» sa han.

Slangen fortalte at hun hadde snakket med ørnen og visste om møtet med røyskatten og fjellreven. Hun forklarte at jorden led. Slangene visste bedre enn noen hvor forgiftet jorden var, og Slangenes Orden var blitt en større motstandsbevegelse. «I flere sirkler styrer vi undergrunnen,» sa hun. Vi jobber for fri vilje og frihet, og vi er mange.»

Den lille Bukken Bruse var fortsatt ikke

sikker. Fri vilje hørtes vel og bra ut. Frihet og. Men han tenkte at de to fort krasjet. Dyrene og kongen var et godt eksempel. Mellomste bror tenkte det samme.

«Det høres ikke som dere har valgt side,» sa han.

Slangen sirklet bort og fortsatte. «Det er to krefter som kjemper. Det dere kaller godt og ondt. Men det var ikke alltid slik. Det var en tid hvor universet var lys og alt ett. Det var før verden ble bygd. Skaperen var alene. Det var bare han. Han kunne leke med ideer, men det var bare han. Og fordi han kjedet seg, bestemte han seg for å gjøre skapelsen mer komplett. Han begynte å drømme og skapte individer med fri vilje. I tankenes verden, som er alt som egentlig er, er alle fortsatt én. Men et slør ble skapt, og alle Skaperens fragmenter fordelt over mange univers, samlet i et enda større, bestående av syv sirkler med senter i midten. I de fem ytterste skulle lys og mørke kjempe, men i de siste kommer bare lyset inn».

«Slik har det vært siden før verden ble bygd,» sa hun. Dette har vært parameterne for eksistensutfoldelse og verdioppfyllelse. Her ute i tredje ring har mørket styrt i lange tider, og Slangenes Orden har aldri valgt side.»

Slangen så innstendig på mellomstebror. «Det har ikke vært nødvendig,» fortsatte hun. «Større krefter enn lys og mørke sørger for balanse. Til enhver tid har dyrene hatt mulighet til å velge mellom godt og ondt. Marken har vært rik, skogene store, fjellene sterke, vannet friskt, og dere har kunnet forme deres skjebne.»

«Vi har vært her for å overvåke det hele, slik skaperen sa. I tideverv har vi vært her og aldri brutt inn.»

«Men ikke lenger. Balansen er ikke som før. Den første kilden er forgiftet, grunnen forpint. Det er derfor jeg kommer. Lysbukken og trollmannen har en avtale. De hvisker begge i ører, og lar verden formes. I valget mellom de to avgjør dyrene om de vil spise eller hjelpe hverandre, men det er en større plan. Denne er nå forstyrret.»

Den lille Bukken Bruse fikk frysninger. Han trodde han hadde tenkt stort, men livet i den lille dalen var del av en langt større verden.

Han følte seg som en liten maur da han forestilte seg hvordan bukkenes verden var del av en større skapelse hvor alle som levde hadde helt egne univers. Selv syv fjell var i denne sammenheng ubetydelige. Og oppi alt dette var det altså et spill, og en plan, som bare noen få kjente til.

Han grøss igjen. Gamlefar hadde nevnt et spill bak et større spill, men den lille bukken var like klok. Hva var det som hadde brakt ham hit? Hva var det som gjorde trollmenn og hemmelige ordner interessert i tre geiter?

Han hadde aldri hørt om noe sånt. Men røyskatten hadde sagt at trollene var de mest sorgfulle av alle skapninger, og at ingen har lidd som de. Han fikk det vanskelig til å stemme. Trollene var de ondeste han visste, og det var vanskelig å synes synd på dem. Han spurte slangen:

«Er trollene en del av denne planen?»

«Ja og nei,» svarte hun. «Ja fordi de er her, og fordi de er nødvendige, nei fordi de har lidd for lenge.»

«Trollene ble skapt lenge før bukkene eller andre dyr. De var her først og ble satt til å bygge verden. Ikke av Lys-bukken, men Motstanderen. Han som aldri viser takknemmelighet. Han som aldri tilgir. Og som alltid hater. Det var han som skapte Grunnpilarene, og derfra bygde trollene resten. Siden den gang har trollene vært bundet til skaperverket. Det er de som nærer Grunnvollene. Dette er fundament for skapelse i fem sirkler, og i hjertet sies at de har en nøkkel. De vise strides om hva dette skal være. Mang en trollmann har revet hjertet ut for å se, men ingen har funnet hva de søkte. I stedet har de åpnet et mørkt kapittel. Det er nemlig også trollene som bærer verdens fortvilelse.»

Den minste bukken kjente frysninger. Han sa: «Du minner om Røyskatten.»

«Han snakket om troll og en plan.»

Slangen sirklet.

«Ja, og Motstanderen har ikke holdt avtalen. Avtalen var at livet skulle utvikle seg i frihet. At dyra skulle spise hverandre til de lærte å samarbeide. Men livets vann er forgiftet. Balansen er ødelagt. Og frykt har overtak. Det ser ikke ut som om broen vil åpne seg.»

«Broen?» spurte store Bukken Bruse.

Slangen så på ham og svarte: «På slutten av hver tid åpnes et vindu. Dyra får reise videre og mange kommer til setra. Slik har det vært lenge, men nå trues Grunnvollene. Trollene har lidd for lenge. De tåler ikke mer, og de trenger hjelp. Det er derfor jeg er her.»

Det var stille, før hun fortsatte: «Avtalen var at trollene skulle vokte broen til setra og gjøre nyttige ting. Men for lenge siden ble viljen overtatt av Motstanderen. Han fortalte trollene at han hadde lagd dem. Og at de hadde en skyld. Han sa at de en dag skulle bli fri, om de adlød. Han har styrt dem med frykt siden, og han lurer dem hver gang.»

«Hver gang?» spurte mellomste bukken.

«Ja, utallige løfter er brutt. Det er en stygg historie.»

Den store Bukken Bruse frøs på ryggen, han og.

«Men hva med Lysbukken,» sa han. Hvorfor har ikke han tatt affære? Det høres ikke riktig ut i det hele tatt!»

Slangen så på han. «Nei, men det er mer vi ikke forstår. Og jeg ber dere ikke å drepe trollet. Finn en annen måte. Men finn ham. Dra til Skytopp.»

Hun så på den mellomste bukken. «Jeg vet at horna er harde og viljen sterk. Men husk at dette er første gang vår orden griper inn. Siden tidenes morgen har vi latt elven gå, nå ber vi bremse.»

Den minste ville fortsatt til setra. «Er det ikke bedre om vi drar dit?» spurte han.

Slangen visste godt om setra. Hun hadde

vært der før. «Den er en drøm,» sa hun. Den er satt der for at planen skal gå sin gang, men den er ikke virkelig. Dere fant den fordi dere prøvde mer enn andre, men det er ikke å følge stien.»

De tre bukkene så på hverandre.

Hva skulle de tro?

Hun studerte den mellomste bukken. «Husk dette,» sa hun. De vise vet at Skaperen drømmer, og at han en dag vil våkne. De vet bare ikke hvordan. Trollene kan være en nøkkel.»

Den mellomste bukken tenkte hardt. Troll var bekjempet mange ganger, men ting var blitt verre. Det var vanskelig å se noen løsning. Han hadde ikke troen på at de kunne temmes.

Slangen så tvilen. Men hadde levert beskjeden. Hun trakk seg mot høyet, før hun snudde seg og gjentok: «Husk at Skaperen drømmer.»

Hun så på de tre bukkene. Kveilet seg, og la til: «Han kan leke med ideer, men det er fortsatt bare ham.»

Slangen forsvant like fort som hun kom. Borte i høyet.

De tre Bukkene Bruse så på hverandre. De visste ikke om dette var trollmannen. Men slangen ville ha dem til Skytopp, verdens høyeste fjell. Det lå ikke så langt unna. Nærmere enn setra, som de var blitt usikre på. Men det var en ubesteget spiss i Tåkefjellene, og hørtes ikke lovende ut.

«Jeg tenker det var trollmannen», sa den mellomste Bukken Bruse. Han mente det var lureri, at trollet sikkert var i grottene, og at de burde ta knekken på det.

Storebror var usikker. Han merket ikke

samme eimen fra slangen som fra det lille lammet. Han skulle gjerne visst mer. Han sa til de andre: «Den fremmede virket sannferdig nok. Jeg synes vi skal dra til Skytopp og snakke med trollet. Vi går sørover.»

Den minste bukken protesterte: «Jeg trodde mellomste bror var tjukk i hue. Men du tar kaka! Det er ikke sjans for at jeg går dit. Du sa det selv, der kommer ingen tilbake.»

«Noen må bli de første,» responderte store Bukken Bruse. «Mellomste bror vil finne troll og det vil jeg også. Noe sier meg at slangen hadde rett, og at vi må dit. Uten trollet kommer vi ingen vei, og du hørte selv at stien til setra er usikker. For alt vi vet var det en drøm alt sammen. La oss finne Tåkefjellene.»

De andre brødrene var ikke klare for denne planen. Ikke i det hele tatt. Men storebror var urokkelig, og det ble til at de dro mot sør.

De gikk og de gikk. Til slutt kom de frem. Tåkefjellene lå som et belte i sør, og ingen kjente til andre siden. Bukkene visste bare at på klare dager kunne man se en tind over tåka, og dette var Skytopp.

Den lille Bukken Bruse så opp. Der, langt inne i tåka, skulle de finne et troll. Han visste ikke hva som var verst. Trollet, eller veien opp. Han kjente seg engstelig. Det var umulig. Han ble med for å hjelpe brødrene, men var sikker på døden. Han håpet ikke den ble vond.

Også de andre gruet seg. Ingen visste hva som ventet. De tenkte på familien hjemme i dalen. På mor og far og vennene. Ville de noen gang se dem igjen?

Rundt dem ble tåka bare tykkere og tykkere, og det ble vanskelig å se. Landskapet var imidlertid interessant. Det fikk tankene fra familien og ble mer og mer fengslende.

Slik gikk de lenge. Den minste bukken kjente at han ikke savnet mor så mye. Heller ikke den lille dalen eller setra var særlig viktig. Og ikke trollet. Det hele fremsto ganske ubetydelig. Mer viktig var landskapet. Det skrinne terrenget ble mer og mer interessant. Det var som om landskapet og tankene gikk i ett. De grå steinene og tåka syntes ikke bare å snakke til dem, men gjennom dem. Omgivelsene hvisket søte drømmer, og de andre merket det samme. Bare storebror forstod hva som skjedde.

«Dette stedet er farlig,» sa han. Tåka tar over. Jeg aner ikke hvor vi er på vei.»

Det var riktig. De hadde gått lenge nå. De visste ikke hvor lenge, og dagene hadde gjort dem blinde for målet. Den minste og mellomste bukken husket ikke engang å ha møtt noen troll, men storebror ledet fortsatt an.

«Vi må komme oss ut av tåka,» sa han. «Dere har ikke vært å snakke til på dager, og jeg må anstrenge meg til det ytterste. Jeg tror vi har holdt en viss retning, men er ikke sikker.»

Bukkene så på hverandre. Småbrødrene kjente hverandre ikke igjen, og heller ikke storebror. Naturen var imidlertid sterk, og de holdt sammen. De hadde gått slik en stund, men storebror var nær å miste fokus. Tanken var sløv, minnet fullt av hull.

Han var i ferd med å gi opp. Hva var dette med trollet? Hvor var de egentlig? In- genting gav mening. Han så rundt seg. Tåke. Og mer tåke. Brødrene var ikke der. Han anstrengte seg, men klarte ikke å huske sist han så dem. Et minne om at de ikke kunne forstå, og at han ikke så noen måte å få de videre på, dukket opp.

Men han klarte ikke å huske videre til hva. Tåken tok all oppmerksomhet. Den lovte hvile, og han falt i søvn.

. . .

Den store Bukken Bruse ante ikke hvor lenge han hadde sovet. Men han kjente lukten av vind. Det kom et drag fra vest, og han trakk et pust.

Vinden gav nytt liv, tankene kom tilbake. Den store Bukken Bruse husket hvem han var, og åpnet øynene.

Han så et rådyr. Han hadde ikke sett dem på mange år, men dette var ikke noe vanlig syn.

Det så ut som om vinden kom fra bukken selv. Han var av lys og hadde en sprett som gjorde gresset grønt og tykt. Vinden var helbredende for alt liv, der bukken bevegde seg på de lette beina.

Storebror tok et nytt pust. Det var den fineste luft han hadde kjent. Den drev tåka av sted, mer grønt kom frem, og nede i lia så han brødrene. De kom klatrende over en knaus og var seg selv igjen. Den friske lufta hadde ikke bare funnet dem i tide: Den holdt tåka unna, der nede, og den fremmede kom mot dem.

«Hei,» sa rådyret.

Han strålte. Gresset rundt ble bare grønnere. Blomster sprang opp og liv yret. Det var litt av et syn.

Han så på dem. «Dere har møtt sendebud før,» sa han. «Men ingen som dette.»

De ventet på at bukken skulle si noe, men han så opp mot fjellveggen bak seg og sprang videre. Lett.

Gresset på bakken forsvant med. Det gjorde også den friske luften.

De tre bukkene så på hverandre. De så ned, og at tåken var på vei opp.

De skjønte at de måtte handle. De satte oppover i fjellet, vekk fra tåka. Slik fortsatte de en stund, til tåka ikke lenger truet. Den lå der nede og ventet.

De så rundt seg. De så opp. Og at de hadde funnet Skytopp.

Det store fjellet strakte seg oppover. Høyt, høyt, men det var ikke liv å se. Bare stein. De fortsatte slik i mange dager. De klatret og klatret.

Av og til mente storebror å kjenne den friske vinden han hadde våknet opp til. Det var i disse områdene bukkene også fant mat. Det var ikke mye, men nok til å få dem videre. Gress og vann dukket opp når det så som mørkest ut.

Slik gikk tiden. De tre bukkene klatret og klatret. Og til slutt så de toppen.

Det var nær morgengry.

Den lille Bukken Bruse gikk bakerst. De hadde klatret hele natten og de stupbratte sidene var nær å bli den sikre død. Allikevel var det som en kraft bar dem oppe. Nå som han nærmet seg toppen, kom kraften tilbake. Var det ikke en forventning i luften? Han kjente en ny følelse. Helt ny. Den ble sterkere. Den hvisket. Lillebror så opp. Der var trollet.

Det blåste, men vinden kom innenfra. Den samme vinden han hadde kjent lenger nede, og som hadde vekket han fra dvalen som var så kvelende. Han han husket fortsatt avgrunnen han hadde stått overfor idet tåken tok kontroll. Men han kjente også den samme vinden som fikk ham til å åpne øynene. Den styrket ham.

Han så på de andre. De hadde samlet seg. De også hadde sett trollet.

«Der oppe er trollet,» sa den minste Bukken Bruse. «Er dere klare?»

Mellomste Bukken Bruse snudde seg. Han kjente beina skalv. Frykt gjennomsyret ham. Det var lett å stange en stein. Men dette var noe annet. Noe eldre. Noe han ikke forstod. Han kjente lukten og likte den ikke. Det gikk kaldt gjennom ham. Han kjente angst. Noe tidløst var i ferd med å utspille seg og han var ikke klar.

Heller ikke storebror visste hva han skulle gjøre. Han så ikke poenget med prat. Han kjente selv stanken. Det luktet av blod og ødeleggelse. Av synd og skam. Gammelt. Lang vei. Han kjente forakt for dette monsteret. Fikk lyst til å ta det en gang for alle. Skikkelig, denne gang.

Lillebror så det.

«Men, skulle vi ikke snakke?» spurte han.

Storebror kjente det gikk varmt. Bare

tanken på en slags forening motstøtet ham. Han tenkte på hvor mye ondt trollet hadde gjort. Opp igjennom tiden samlet det seg sikkert en del.

«Jeg tror ikke det», sa han. «Ingen har klart det før, og jeg vet ikke hva jeg skal si.»

«Best å være forberedt på det verste,» fortsatte han. «Jeg tenker jeg og mellombror går opp, så kan du vente her.»

Minstebukken så poenget. Men han innså at frykt styrte, og at det ville bli kamp på toppen.

«Nei,» svarte han. «Bedre om dere venter, så går jeg og snakker. Er det noe trollet er redd for, så er det horna dine. Og du er ikke helt god du heller, mellombror. Dere er fylt av frykt og sinne, men jeg kjenner en ro. Jeg har alltid vært redd, men ikke mer. La meg møte trollet.»

Den lille bukken ventet ikke på svar. Han gikk mot brødrene som gikk til side. De var overasket, men minsten tente håp. De hadde aldri sett sånt mot. De nikket anerkjennende, bukket, og den lille bukken gikk mot trollet.

Han klatret et lite stykke. Så kom han til toppen. Den var steinete, mer er det ikke å si, og der var trollet. Det satt der og så på den døende nattehimmelen.

Den lille bukken gikk bort. Trollet snudde seg. Kjempen så ned på ham, men den lille bukken følte seg ikke liten. Han kjente en ny vind, sterkere enn ild. Den brant sterkt. Brystet fylt av lys. Hver celle tent. Han gikk helt bort.

«Hva gjør du her?» spurte den lille bukken.

Trollet hadde sett bukker, men aldri en som denne. Faktisk, igjennom utallige tider hadde trollet aldri kjent slik energi. Den var en nøkkel. Den åpnet en lås.

Trollet sank litt sammen. En tåre samlet seg i øyekroken—og et sted dypt inne i ham, og rundt ham, begynte et nytt hjerte å banke.

Den lille bukken ante ikke hva han hadde gjort. Allikevel, det er ingen hjerte større enn et trolls, og universet kunne kjenne dets rytme til sine røtter. I denne rytme skjedde et skift, en dyp blødning stanset i Urgrunnen, og et nytt fundament kom på plass. Alt på et sekund, og trollet trakk et større pust.

«Jeg er her fordi jeg er trett», sa han. «I all tid har troll båret skyld. Utakknemlighet er alt vi har fått. Jeg klarte ikke mer. Skaperen, han som lagde pilarene, var frykten selv. Han krevde alt. Det var terror og slaveri døgnet rundt. Vi måtte adlyde hans vilje. Han som aldri tilgir.

Han som alltid hater. Han som vil trollbinde.»

«Det var han som satte meg til å vokte broen. Jeg har voktet den lenger enn tid kan telles. Og jeg klarte ikke mer. Jeg bestemte meg for å dra. Jeg dro hit hvor ingen var. Her var det bare meg og stjernene, og her fant stillheten meg. Gjennom denne har jeg funnet trøst. Jeg har bare ikke sett håp.»

Nå kom også de andre bukkene over toppen. Kampklare.

Trollet rykket til. Situasjonen ble anspent, og den mellomste kjente blod bruse.

Trollet virket ikke like farlig som fryktet. I øynene så han noe gjenkjennelig, men han ville ikke vite av det. Han kjente på stigende selvtillit og muligheten for seier.

Han spurte trollet:

«Hvorfor plaget du oss på broen? Vi var på vei til setra, hva var galt med det?»

«Uff, Jeg er lei for det» svarte trollet. Dere møtte meg på en dårlig dag. Lenger enn tid kan telle hadde jeg bare kjent mørket. Jeg var alene, hadde vært det lenge, og gikk i dvale. Til jeg ble vekket av kråkene.»

Trollet fortsatte: «Jeg trodde det var Mester som testet meg da dere kom. Det hadde ikke vært veifarende på over 300 år, og da broren din dukket opp trodde jeg det var ham. Jeg måtte sette opp et olmt ansikt. Ikke kunne dere slippe forbi. Det hadde blitt hard straff. Mye lidelse. Mer sorg. Det ville jeg ikke. Jeg ventet derfor på neste bukk, og skulle ta alle på en gang. Jeg tenkte Mester ville bli stolt. Han tok maken min. Vi troll lever lenge, men ikke godt uten. Og Mester tok henne. Jeg håpet at Mester ville gi tilbake maken.»

«Fikk du henne da?» spurte minste-bukken.

«Nei,» svarte trollet. «Bare større gjeld og mer stryk.»

Den største bukken Bruse spurte «Men hvorfor stakk du ikke av, eller befridde maken?»

Trollet svarte: «Ingen vet hvor de er. Jeg har ikke sett troll på mange tider, og aldri noen make. Det har heller ingen andre troll, men vi vet de finnes der ute. De er vår andre halvdel og vi lengter etter å bli komplette.»

Lille Bukken Bruse så at dette var et sårt punkt. «Men hvorfor sier du at Mester har tatt henne da?» undret han.

Trollet svarte: «Det er dette Mester har fortalt meg, og det er dette han har fort-alt alle troll. Han sier at han skal beholde hver eneste make til vår gjeld er betalt.»

«Og hva er deres skyld og når er den oppgjort?» spurte den mellomste bukken.

«Jeg vet ikke,» sukket trollet. «Flere sykluser er gått og ingen har våget å spørre Mester. Han brenner og svir om vi gjør det. Jeg stakk til slutt av. Gikk om natten på leting etter fjellet.»

«Men hvorfor ødela du byene?» spurte den mellomste Bukken Bruse.

«Jeg er lei for det og,» sa trollet.

«Jeg reiste som sagt helst om natten. Ingen så meg før en høne. Hun skrek, og hele byen løp. Jeg ble trist. Håpløsheten overveldet meg. Dette var første kontakt med verden på tusenvis av år, men den ble ikke som tenkt. Derfra gikk det som det gikk. Jeg gikk berserk, og det samme skjedde i de andre byene.»

Trollet sukket dypt. Han så ned på en svulmet neve, strammet den, og sa: «Jeg sliter med sinnet. Det velter over meg. For lenge har jeg vært alene, og jeg hadde håpet på en ny start.»

Han fortsatte: «Vi troll har ikke mange vise. Men den førstefødte mente at vi skulle bli begynnelsen på noe nytt. At vi skulle tåle lidelse, men bære den tappert for at noe større skulle skje. Det var det han sa. Og siden har trollene ventet på frigjøringen, da noe magisk skal skje.»

«Jeg har hatt drømmer om dette. Om noe som ikke er vondt. Det er de eneste fine drømmene jeg har hatt. Og jeg ble altså så sint at jeg trampet ned flere byer. Derfra var dette eneste vei. Vekk fra alle.»

De tre bukkene så på hverandre.

Den mellomste bukken så på trollet. Han ville ikke sloss lenger. Han skjønte at trollet ikke var så ille som han hadde trodd.

«Skal du bo her for alltid»? spurte han.

Trollet hadde ikke tenkt på det.

«Jeg vet ikke», svarte trollet. «Med stjernene finner man perspektiv, men det er i møtet med andre at man blir til.»

Trollet så opp på himmelen. Han så på de tre Bukkene Bruse. Han sa: «Jeg vet nå at adskillelse er en illusjon. At vi som lever er forbundet i tanken uansett. Og at frykt og kjærlighet styrer alt. Det var frykten for ikke å være god nok som fikk meg til å leve i mørket. Det var angst og sorg forbundet med tvilen som fikk meg til å sloss, og det var frykten for å se nærmere på alt sammen som tok meg hit.»

«Har man fått dårlig ord på seg, er andre raske til å dømme. Det merket jeg for flere sykluser siden, og ting er ikke blitt bedre.»

«Men jeg hater deg ikke lenger,» sa den mellomste bukken. «Jeg trodde jeg hadde funnet en god fiende, en jeg kunne være modig og sloss mot. Men jeg forstår at jeg tok feil.»

Den store Bukken Bruse tok ordet: «Det viser seg at oksen, eselet, og de andre i byen visste like lite som oss om hva som lå bak. I stedet viste de oss det vi burde forstått hele tiden: at når noen snakker om andre, snakker man mest om seg selv. Dyra ante jo ikke at det var kjærlighet som fikk trollet til byen.»

«At det gikk som det gikk,» fortsatte han, «skyldes derfor mer trollets stygge rykte enn intensjon. Og moralen er at man må se forbi fasader. Bare sånn kan vi se forbi frykter.»

Storebror så på brødrene sine, og la til: «Hva vi bør gjøre, er derfor å ta med oss trollet tilbake og prøve igjen. Så snart andre ser at vi er venner, vil nok flere tenke seg om.»

Dette synes de andre var klokt. «Men, vil

du bli med oss da?» spurte minste bukken.

Trollet tenkte seg om og svarte: «Ja, mer enn gjerne. Kan noen se forbi det stygge trynet mitt kan det fine i meg få leve. Og hvem vet, kanskje vi kan gjøre ting bedre.»

«Du sier noe,» sa storebror. «Ting står ikke bra til. Kongen har bundet landet og trollmannen ødelagt livets vann. Vi må gjøre noe. Vil du bli med å redde verden?»

Svaret var opplagt. En ny vind blåste. Den kraften som reddet dem fra tåken, og som hadde båret lillebror og de andre bukkene til trollet var nær fullbyrdelse. De kjente det alle. Trollet også. De var forbundet. En kraft sterkere enn naturen hadde bolig i dem. Den hadde plassert dem der for en grunn, og de så rundt seg.

Jorden var i bevegelse. Gress, blomster og

småkryp kom ut. Vinden var frisk, ren og mild. Himmelen hadde aldri vært så nær. Selv der oppe, på verdens høyeste fjell, var øyenstikkere og sommerfugler. Ikke bare det, men en ny bevissthet kom frem. Mer strålende. Mer helhetlig.

De tre bukkene tenkte på det store spillet—og det enda større bak. Var dette de tider da løven og lammet skulle leve sammen? Var dette veien til setra? Eller var dette noe annet? Måtte resten av verden vente på oppvåkningen? Det var uansett et mirakel, det de bevitnet. Skaperen rørte seg. I alt.

Store Bukken Bruse undret høyt: «Vi har hørt at det finnes et større spill, ett Motstanderen ikke vet om. Han vet ikke om det fordi vi er i Skaperens drøm, og han sover. Men hva vil skje når han våkner?»

Storebror så ut over horisonten.

De andre var stille.

Han fortsatte: «Jeg spør fordi vi har en konge og en trollmann der ute. Men hvis mørket er en del av Skaperens drøm, hva skjer med mørket, hvis lyset er alt som er?»

«Hvis mørket er lyset som har glemt seg selv, vil de forsvinne, eller vil alle vite hvem de er?»

Fortsatt, ingen sa noe.

«Det er ikke godt å si,» sukket han.

«Verden har ikke sett noe sånt. Utallige tideverv har gått og syklusene har vært de samme. Lys og mørke har kjempet om sjeler, men Skaperen sover. Ingen har vekket ham. Vi er fanget i hans drøm til mange nok våkner. Jeg lurer på hvor mange som er igjen? Hvor mange må vi være for å røre ved drømmen?»

De så på hverandre.

Trollet lo.

For første gang.

Han så for seg at det var en annen skaper enn Mester, at det var en større skjebne enn slave og syndebukk. Han så for seg en skaper som var god. Som ville gi ham alt, og som aldri hadde latt ham i stikken. For han så også at alt ledet frem til dette. All smerte. Den var en form for bevisstgjørelse. Den skulle minne om noe. Hjelpe ham å se en større helhet—og han så den. Først i stjernene, men nå overalt.

Han sa: «Mester sa at han visste alt om alle i fem sirkler. Men han visste ikke om dette. Det er en større Hånd som beveger seg. Dette har ikke skjedd før. Jeg tror den ekte Skaperen er i ferd med å våkne.»

De tre bukkene og trollet så mot vest. De kjente Hånden røre seg. En ny bevissthet var etablert. De var klare. De hadde et kongerike å vinne. En flokk å hjelpe. De satte nedover fjellet. Ett med vinden. Ikke bare en ny dag, men en ny verden ventet.

 Mikalsen er forfatter av seks bøker som forandrer verden én av gangen. Hans forfatterskap dekker et større område fra kosmologi, mystikk, selvhjelp, og bevissthetsforskning, til maktpolitikk, menneskerettigheter, ruspolitikk, grunnlovstolkning, og sosial ingeniørkunst. Han er grunnlegger av Alliansen for rettighetsorientert ruspolitikk (AROD), en organisasjon som ser på ruspolitikk fra et prinsipielt perspektiv, og nominert til to menneskerettspriser. (Vaclav Havel og Martin Ennals).

En plattform for hans arbeid er Life Liberty Productions, et forlag og konsulentforetak dedikert til Frihetsånden. På nettsidene lifelibertybooks.com, finner du bøker som er anbefalt av fagfolk og som har potensial til å hjelpe menneskeheten ett skritt videre.